Гизела Папротни

Ласковая смерть

Ласковая смерть

**криминальный роман
от Гизелы Папротни**

Оглавление

Рождение

Это началось одной темной ночью. Молодая женщина рожала. В страшных муках появился на свет ее первый ребенок, ее сын.

Роды были очень тяжелыми, поэтому все присутствующие врачи хлопотали вокруг юной роженицы. Новорожденного малыша положили в сторону и словно забыли о нем. Малыш сначала оцепенел, а потом громко закричал, но никто не обращал на него внимания. И только, когда молодая мать была вне опасности, люди, наконец, вспомнили о крохе.

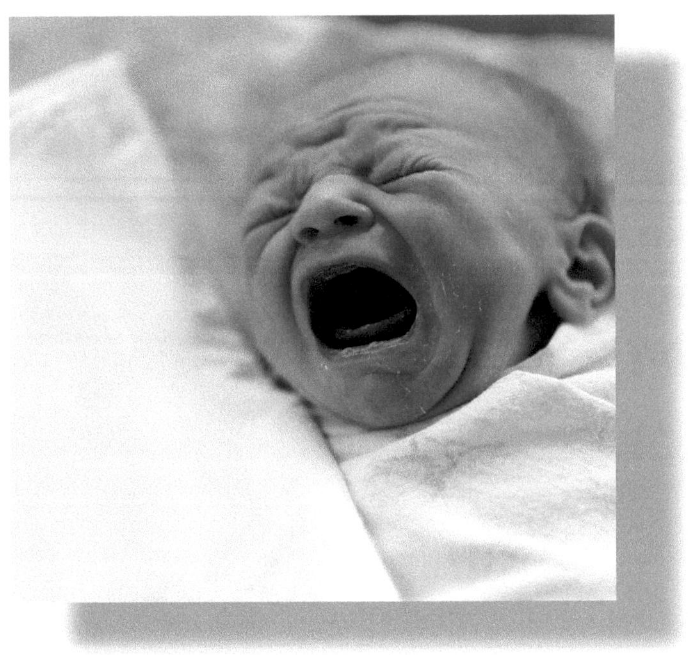

В эту ночь малыш перенес родовой шок. Позже это сказалось на его поведении, которое было несколько странным. Когда мальчику исполнилось шесть месяцев, его окрестили под именем Фридрих.

Семья была среднего достатка, поэтому малыш ни в чем не знал нужды. Отец Фридриха имел процветающую столярную мастерскую. Он любил свою красавицу - жену и осыпал ее подарками. Но отношения с сыном у отца не складывались, потому что ребенок был не совсем здоров. Зато мать любила Фридриха всей душой и баловала его, как только могла.

Таким образом, вся ответственность за воспитание малыша лежала только на его няне.

Когда Фридриху было 5 лет, в его жизни произошло событие, сформировавшее его и повлиявшее на всю его дальнейшую жизнь.

Няня

По заведенному порядку, няня купала маленького Фридриха каждый день. Но в этот раз она вдруг сняла свою одежду и забралась в ванну к мальчику. Когда она помыла малыша, няня вдруг попросила, чтобы Фридрих поцеловал ее грудь. Когда ребенок отказался, няня спросила:
- Почему тебе не нравится моя грудь?
- Они такие толстые! - ответил мальчик.
- Ну, раз они слишком толстые для тебя, давай поиграем в другую игру. Придвинься ко мне и засунь твой большой палец в мою мышку, прямо сюда.
Мальчик послушно придвинулся.
- Да, ближе, ближе! Засунь твой пальчик поглубже, а теперь вынимай его. Входи и выходи!

Внезапно няня застонала и заскользила вперед и назад. Когда все закончилось, она улыбнулась и попросила никому не рассказывать об этой игре.

Время шло, и мальчику было все невыносимее терпеть эти игры. Однажды Фридрих не выдержал и рассказал обо всем своей матери. Няня была уволена, и на ее место пришла учительница. Прошло совсем немного времени, и мальчик поступил в школу. И тут выяснилось, что у малыша большие проблемы со счетом. Он совершенно не имел математических способностей, и это должно было стать проблемой для его дальнейшей жизни. Маленький Фридрих очень страдал и стеснялся, а ребятишки издевались над ним и высмеивали его. Так застенчивый ребенок превратился в сложного ученика. Он возненавидел учебу, и ему пришлось поменять школу несколько раз. Он чувствовал себя изгоем среди сверстников.

Зато в мастерской отца Фридриху было хорошо. Ему нравились изделия из дерева и аромат древесины. Он приходил сюда каждый день, чтобы хоть на время забыть о своих огорчениях. Подросток любил гладить теплые бревна. Деревья с причудливыми изгибами особенно привлекали его. Очень скоро Фридрих впервые попробовал выточить женскую фигуру из дерева. Пышные формы его бывшей няни были ненавистны юному скульптору, поэтому это были фигурки тоненьких девушек, лишенных пышного бюста. Как бы он хотел, чтобы эти девушки были живыми! Но как бы Фридрих не старался, дерево оставалось мертво.

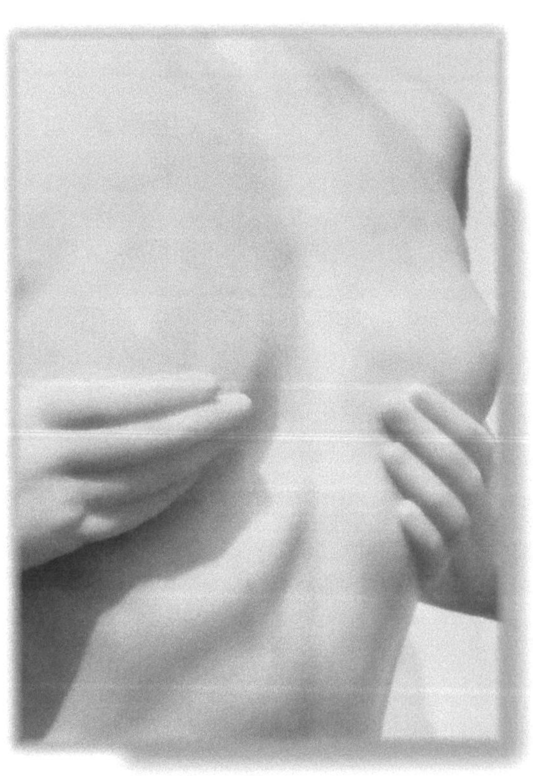

Проститутка

Мечты о худеньких девушках не оставляли Фридриха. И он стал выходить на их поиски. Снова и снова каждую ночь он бродил по аллеям и паркам. Девушки, которых он видел на улице казались ему недостаточно стройными. Но вот однажды он увидел на улице высокую стройную проститутку. У Фридриха перехватило дыхание. Наконец-то! Он подошел к проститутке и та согласилась следовать за ним. И тут молодой человек понял, что у него нет места, где он бы мог спокойно уединиться с этой женщиной. И тут его осенило. Мастерская! Там их никто не побеспокоит в столь поздний час. Он взял женщину за руку и поспешил туда. И вдруг его спутница остановилась. Что-то в поведении Фридриха напугало ее. Она не хотела идти дальше.

– Тебе не нужно бояться. Я не сделаю тебе ничего плохого. Я скульптор. Я так долго искал такую стройную женщину, как ты. Мне очень нужна модель. Я просто хочу взглянуть на твое тело. Я так долго пытался сделать скульптуру из дерева, но все, что я сделал, мне не нравится. Пожалуйста, согласись стать моей моделью. Ты боишься раздеться? Я просто хочу погладить тебя, чтобы мои руки могли почувствовать форму твоего тела. Я хорошо заплачу тебе. Ты согласна?

Молодая женщина, смущенная и напуганная этим странным желанием, все же согласилась. Да и обещанный гонорар тоже сыграл свою роль.

Когда они вошли в мастерскую, Фридрих запер дверь и включил свет.

– Не бойся, эта мастерская принадлежит моему отцу. Как я уже обещал, ничего плохого с тобой здесь не случится. Меня интересует только твое стройное тело. Я сделаю из тебя модель.

Молодая женщина надеялась, что сможет сделать карьеру модели и заработать хорошие деньги, благодаря этому странному клиенту. Они подошли к столу.

– Пожалуйста, разденьтесь и лягте на этот стол. Я пока подготовлю свое фотооборудование. Вы не хотели бы что-нибудь выпить?

– Да, выпить было бы неплохо. Что из выпивки у вас есть?

– В шкафу стоит бутылка шампанского. Ты не против?

– О, я люблю шампанское! Оно такое вкусное! Ты кажешься мне все более симпатичным. Наверное, ты настоящий джентельмен?

Фридрих вынул из шкафа бутылку шампанского и фотоаппарат. Тем временем его ночная гостья начала раздеваться. Фридрих еще никогда не видел обнаженную женщину в реальности. Он был очень застенчив во всем, что касалось отношений с женщинами. Только в своих мечтах он представлял себе, как он прикасается к обнаженному женскому телу. Обычно он просто находил фото голой женщины в интернете и занимался самоудовлетворением, глядя на него. Поэтому сейчас он был очень взволнован и даже вспотел от возбуждения. Его мечта сбылась. Перед ним на столе лежала настоящая женщина абсолютно без одежды. Руки Фридриха дрожали, когда он наполнял бокалы.

– Ты не хочешь сделать глоток, прежде чем я приласкаю тебя? – хриплым голосом спросил он.

– Да, это отличная идея! Здесь немного холодно, и я хочу пить. Пожалуйста, поторопись с фотографиями.

Фридрих направил камеру на тело женщины, но ему не понравилось то, что он увидел.

– Могу я сделать тебе массаж? – предложил он.

– Фотографии будут еще красивее, если твое тело будет сиять. Я хочу намазать тебя маслом.

– Да, конечно, сделай это, если это необходимо.

После этого Фридрих осторожно прильнул своим телом к телу девушки. Сначала он старался не прикасаться к ее плоской груди. Гораздо больше его привлекали ее ребра. Ему хотелось почувствовать каждую ее косточку. Постепенно он становился все смелее. Он массировал ее руки и ноги, а когда приблизился к области лобка, почувствовал, что женщина отвечает на его ласки. Она застонала и сказала:

– У тебя замечательные руки. Твой массаж возбуждает меня.

Продолжай, мне это нравится.

Фридрих почувствовал, что прикосновения к интимным зонам возбуждают и его. Он стал смелее, и игра продолжалась до тех пор, пока его пенис не увеличился в размерах и не наступила эрекция.

Молодая женщина улыбнулась и сказала:

– Ты особенный мужчина. У тебя красивые руки, и ты делаешь массаж, как никто другой. Если ты будешь продолжать в том же духе, ты можешь звонить мне в любое время. Но сейчас я хочу одеться. Ты дашь мне еще глоток этого восхитительного шампанского?

Фридрих был тоже полностью удовлетворен пережитым. Он сделал хорошие фотографии, и тоненькая фигурка женщины очень возбуждала его. Он улыбнулся:

– Мы можем продолжить это. Ты всегда можешь найти меня здесь, в мастерской моего отца. Только, пожалуйста, приходи только поздно вечером. Днем я учусь. Я изучаю искусство. Я хочу быть не просто плотником, я хочу создавать красивые скульптуры. Ты ведь можешь стать моей музой. У каждого художника есть муза, и ты можешь быть моей моделью. К сожалению, я не могу платить тебе много, ведь я всего лишь студент. Конечно, позже, когда я продам свои скульптуры, твой гонорар увеличится. Тебя это устраивает?

Молодая женщина согласилась, но тут же попросила оплатить свои услуги. После этого она ушла, пообещав вернуться следующей ночью. Фридрих тоже ушел из мастерской, ему нужно было хоть немного поспать.

Следующим вечером, как и было обещано, появилась молодая женщина. Она надела красивое платье, и Фридрих остался доволен тем, как она выглядела. Ему нравились нарядные женщины.

Любовное гнездышко

Конечно, мастерская была не слишком надежным местом для встреч. Фридрих задумал приспособить для тайных свиданий широкую штольню, которая служила бомбоубежищем в годы войны.

Штольня имела несколько коридоров, которые вели в комнаты. Сейчас это место использовалось, как склад для древесины, однако дальние помещения оставались пустыми. Фридрих решил устроить там место для любовных утех и работы. Там никто бы не помешал ему. Уже на следующий день он приступил к работе. Сначала он подключил электричество. Затем поставил в комнате кровать, небольшой столик и маленький шкаф. Туалет он соорудил из стула, выпилив в его сиденье круглое отверстие и поставив вниз ведро. Мужчина купил и принес в свое убежище небольшую ванну. Он очень хотел фотографировать своих женщин в ванне с цветами. Водопровода здесь не было, воду пришлось бы приносить в канистрах, но это обстоятельство не огорчало Фридриха.

Наконец, осталось только позаботиться о том, чтобы никто не смог проникнуть в его тайное убежище. Фридрих поставил надежную дверь и врезал замок. Теперь все было готово. Когда пара молодых людей впервые пришла сюда, и спутница Фридриха огляделась вокруг, она почувствовала себя не в своей тарелке. Она вдруг испугалась, что может остаться в этой берлоге навсегда. После этой встречи женщина решила больше никогда не возвращаться сюда. Фридрих ждал ее с нетерпением, но чем дольше он ждал, тем больше злобы копилось в нем. Она обещала прийти, но обманула его! Он метался по ночным улицам города, надеясь отыскать свою подружку, но тщетно. Ненависть к женщинам пробудилась в его душе и росла в каждым днем. Он ненавидел и желал их.

Студентка

Однажды, придя на занятия, Фридрих увидел миниатюрную студентку.

Это была миловидная худенькая девушка, которая полностью отвечала его вкусам. Она могла бы стать отличной моделью для него. Фридрих улыбнулся незнакомке, и она улыбнулась ему в ответ. Тогда юноша сел рядом с девушкой, чтобы поболтать. Собеседник был симпатичен студентке, и постепенно она проникалась доверием к нему. Когда Фридрих сказал, что делает фотоснимки и создает скульптуры, девушке стало очень любопытно. Ей захотелось взглянуть на работы Фридриха, а для него это была отличная возможность.

Уже на следующий день молодые люди пришли к тайному убежищу Фридриха. Девушка заколебалась и испугалась, когда увидела это логово, но позже она увидела фотографии, развешанные на стенах и скульптуры и успокоилась. Все ее опасения улетучились. Фридрих не хотел торопиться и действовал очень осторожно. Он угостил свою гостью шампанским и рассказал о своих работах. Студентка была в восторге. Она поняла, что ее новый знакомый очень талантлив. Но когда Фридрих попросил ее позировать обнаженной, девушка отказалась и хотела уйти. Этого Фридрих не мог допустить. Слишком долго он искал подходящую женщину. А теперь все его усилия окончатся насмарку? Мужчина преградил путь своей гостье и предложил выпить еще. Но когда девушка отказалась, Фридрих пришел в ярость. Ему нужно было ее тело, он хотел прикасаться к ней, ласкать и умащать маслами все ее тело. Фридрих решил, что добьется своего любыми путями. В ярости юноша вышел из комнаты и запер дверь на замок. Молодая девушка плакала, кричала и умоляла его открыть темницу. Но Фридрих не слушал ее.

На следующий день он принес своей пленнице немного еды и питья. Но девушка отказалась от всего этого. Она лишь требовала, чтобы ее освободили.

– Ну что же, если ты не хочешь есть и пить, ты станешь еще стройнее, что, кстати, полностью соответствует моим желаниям. Вскоре я смогу почувствовать каждое твое ребрышко. Эта мысль возбуждает меня.

Холодная дрожь пробежала по спине юной девушки. Она забралась под одеяло и заплакала.

- Почему ты плачешь? Пожалуйста, перестань. Тебе просто нужно следовать моим указаниям. Поверь, я очень привязан к тебе. Но если ты будешь упрямиться, я буду вынужден наказать тебя.
После этого Фридрих вышел из комнаты.
В следующие несколько дней девушка продолжала отказываться от воды и пищи. Она только просила, чтобы ее освободили, но Фридрих отказал ей в этом. День за днем пленница становилась все слабее и, наконец, умерла.

Туннель смерти

Фридрих был раздражен и возмущен непослушанием девицы. Он ведь всего лишь хотел сделать несколько красивых фото. Ему так хотелось ласкать это тело! Его руки ощупывали истощенный труп. Он словно пытался нащупать новые контуры. Его скульптура могла бы получиться идеальной! А сейчас, вместо этого, он должен думать, как избавиться от тела. Не мог же он оставить ее в этой комнате, помещение еще пригодится для его новой модели.

Фридрих раздел мертвую девушку, помассировал ее тело, натер ее маслом и сделал, наконец, столь желанные фотографии. И все это очень возбудило его. Ему пришлось ждать слишком долго! Теперь он смог удовлетворить свою страсть. Он делал это снова и снова. А потом Фридрих нарядил труп в красивое платье и понес по темному коридору.

Он усадил мертвую девушку на приготовленный стул и сказал:

— Ты останешься здесь, пока я не приду и не посмотрю на тебя. Ты больше никогда не уйдешь отсюда. Ты — моя!

Он еще раз посмотрел на нее и ушел.

Время от времени Фридрих возвращался, чтобы посмотреть на останки девушки. Ему нравилось наблюдать, как тело медленно усыхает. В шахте было прохладно, а легкий сквозняк предотвращал разложение. Жидкость из останков стекала в ведро, стоявшее снизу, и тоже постепенно высыхала. И все же Фридрих был недоволен. Ему была нужна новая муза.

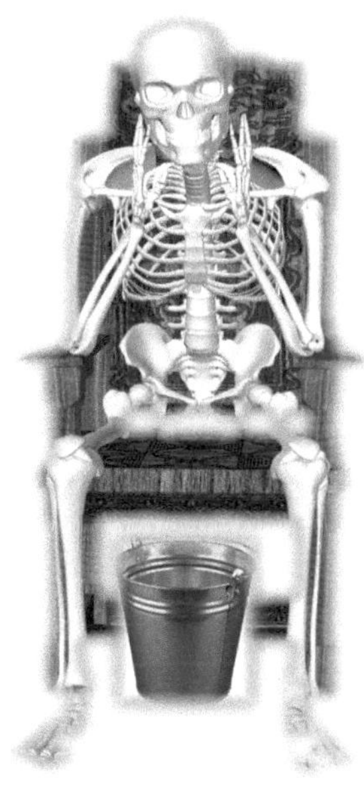

Вторая проститутка

Фридрих продолжил свои ночные прогулки в поисках новой женщины. Ночь за ночью проводил он свои рейды, пока однажды ему не удалось уговорить одну проститутку пойти с ним.

Женщина ничего не заподозрила. Она выпила шампанское, в которое Фридрих подмешал наркотическое средство. И только утром, проснувшись, она поняла, что оказалась в запертом подземелье.

Узница колотила в дверь, кричала и плакала, но никто не услышал ее отчаянных криков. Поздно вечером появился Фридрих и принес воды и еды.

Но молодая женщина хотела, чтобы ее освободили. Поэтому после трапезы она стала протестовать и громко ругаться

— Что ты делаешь со мной? Пожалуйста, выпусти меня из этой обезьяньей клетки!

Конечно, Фридрих и думать не хотел об этом. Он посмотрел на свою новую игрушку и сказал:

— Почему ты расстраиваешься? Как ты думаешь, почему ты здесь? Ты нужна мне, и ты останешься со мной. Если ты будешь послушной и будешь хорошо себя вести, тебе здесь понравится. Мы сделаем красивые фотографии.

Теперь ты моя муза. Я буду баловать тебя, и у тебя не будет недостатка ни в чем. А теперь прекрати орать здесь. Здесь, внизу, тебя все рано никто не услышит. Итак, теперь давай поедим и выпьем по бокалу шампанского.

— Чтобы ты мог снова усыпить меня? Нет, дорогой мой, я просто хочу выбраться отсюда. Больше ничего!

Фридриха раздражала такая неразумность, и он разозлился.
- Если ты не будешь послушной, я могу сильно разозлиться, так что иди сюда, ешь и пей!
Молодой женщине не оставалось ничего другого. Она подчинилась, потому что была голодна и хотела пить. Фридрих объяснил, что еду и питье она должна зарабатывать. Женщина с недоумением посмотрела на него.
- Как я могу работать здесь? Если ты захочешь секса со мной, ты сможешь это сделать, не запирая меня.
- Подожди, позже я объясню тебе, что ты должна делать.
После обеда женщина выжидательно посмотрела на Фридриха. Затем он объяснил, чего он хочет от нее.
- Итак, ты должна раздеться и лечь на кровать. Я смажу тебя маслом и сделаю массаж. Это возбуждает меня. После этого я хотел бы сделать несколько фотографий. Тебя это устраивает?
- Да, конечно. Но после этого ты должен освободить меня. Фридрих ничего не ответил. После того как он выполнил свою работу, он велел женщине надеть платье и лечь спать, так как он еще не закончил свою работу. Ему нужно было обработать фотографии.
- Ложись в постель и спи. Я вернусь завтра вечером. Затем он вышел из комнаты. Молодая женщина попыталась пойти за ним, но Фридрих закрыл дверь.
На следующий вечер Фридрих пришел в обычное время и принес еды и питья.
- Как прошел твой день?, - спросил он.
- С тобой все в порядке? Тебе что-нибудь нужно? Скажи мне, я исполню твои пожелания.
Молодая женщина возмутилась:
- Ты еще спрашиваешь, как я себя чувствую? Это наглость с твоей стороны. Мало того, что я здесь замерзаю, мне до смерти скучно здесь, в этой дыре!
- О, мне так жаль! Завтра я принесу тебе теплое одеяло и журналы. У тебя есть еще другие просьбы? Просто скажи мне. Я же обещал тебе, что если ты останешься со мной и выполнишь все мои пожелания, ты ни в чем не будешь нуждаться здесь.
- Ты доставляешь мне удовольствие. Неужели ты действительно думаешь, что я хочу остаться здесь навсегда? Ты, наверное, совсем сошел с ума! Но сейчас я хочу есть и пить. Позже я выполню свою работу, как ты это называешь.
Фридрих был доволен и с нетерпением наблюдал за ней, пока

она ела. Женщина не торопилась, и Фридрих стал нетерпеливым.

- Ну, давай! Сколько времени это займет сегодня?

- Не так быстро. Мне пришлось ждать еды весь день. Так что прояви терпение, насколько это возможно.

Когда она, наконец, была готова, Фридрих весь кипел.

- Теперь давай, поторопись! У меня нет времени на весь вечер. У меня есть и другие дела, которыми нужно заняться. Раздевайся - и за работу!

Молодая женщина не торопилась, и Фридриху с трудом удавалось скрывать свое возбуждение. Пленница поняла, что мужчине не терпится прикоснуться к ее телу. Она чувствовала свою власть над ним и потребовала, чтобы он ушел.

- Послушай меня! Если ты не выпустишь меня отсюда, я не буду с тобой больше играть!

Возбужденный и раздраженный Фридрих ответил:

- Если ты не разденешься прямо сейчас, ты узнаешь меня с другой стороны. Я могу быть не только добрым, но и очень злым!

Это подействовало. Женщина испугалась, и она послушно присоединилась к его игре. Фридрих был доволен. Он массировал каждое ее ребро, получая при этом огромное наслаждение.

Следующим вечером Фридрих появился с прекрасным одеялом и кучей журналов.

- Ну что же, это выглядит великолепно. Ты действительно создаешь уютное гнездышко для меня, - поприветствовала его узница. - Если после обеда ты угостишь меня шампанским, я буду довольная сегодняшним днем.

Это понравилось Фридриху. Так должно было быть всегда. Как обычно, после массажа он сделал несколько снимков. Он ушел довольный и удовлетворенный. Молодая женщина забралась под теплое одеяло и вскоре уснула.

Вторая жертва

Все произошло, как и должно было произойти. Женщине было все труднее терпеть ее положение. С каждым днем она становилась все более капризной, и Фридрих потерял терпение. Он сделал достаточно хороших фотографий и красивых скульптур, и ее вечное нытье действовало ему на нервы. Эта девица больше не возбуждала Фридриха. Он должен избавиться от нее. Но как? Решение было очень простым. Пленница погибнет от голода и жажды. Он уже приготовил для нее стул. Он посадит ее рядом с первой жертвой.

Фридрих уже снова начал свои поиски. Ночами он бродил в поисках новой кандидатуры.

Через несколько дней, когда он решил, что его узница уже погибла, он пришел в свое логово, чтобы проверить это. Но женщина была все еще жива. Она умоляла Фридриха о пощаде. Но это было невозможно, палач не мог отпустить свою добычу. Он подождал еще несколько дней, и когда он вернулся, женщина уже была мертва. Фридрих был доволен. Она уже не сможет уйти от него. Он переодел мертвую девушку в красивое платье и усадил на стул рядом с первой жертвой. Фридрих посмотрел на дело рук своих и сказал:

– Если бы вы были послушными, вы были бы живы. Но вы не хотели оставаться со мной. Теперь вы со мной навсегда. А теперь пришло время найти новую красавицу для работы – стройную и красивую.

Но это было не так-то просто. Ни одна из женщин не была достаточно хороша для него.

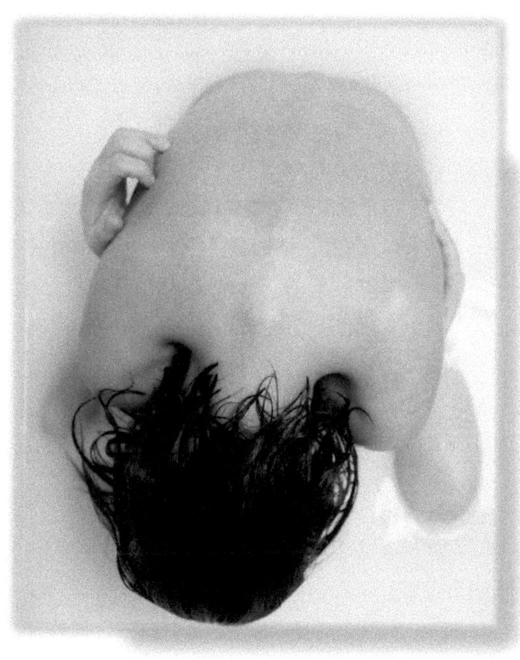

Красивая молодая женщина

Тем временем Фридрих открыл для себя небольшую студию. Он хотел и должен был выставлять свои работы и демонстрировать их публике. Он продал некоторые свои произведения, чтобы повысить уровень жизни.

Был прекрасный летний день. Студию освещало яркое солнце, и на Фридрихе были только короткие штаны-бермуды. Работа утомляла его. Тем не менее, он сосредоточенно работал над своей новой моделью.

Он не заметил молодую женщину, которая любовалась экспонатами на витрине. Одна скульптура особенно понравилась молодой даме. Они вошли в студию. Обычно Фридрих никому не позволял входить в свою мастерскую, но он забыл запереть дверь.

Молодая женщина была очень удивлена , что Фридрих работает с полной сосредоточенностью.

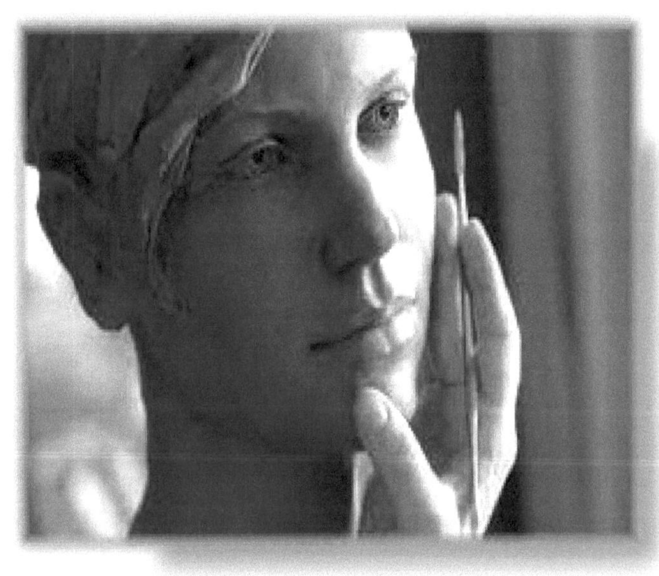

Она стояла неподвижно, едва осмеливаясь дышать. Этот мужчина обладал великолепным телом, и женщина сразу же испытала влечение к нему. Фридрих почувствовал, что он не один. Он повернулся и с восхищением посмотрел на красивую юную леди. Женщина была именно его типом. Они улыбнулись друг другу.

- Что вы делаете здесь, в моей мастерской?- наконец спросил Фридрих.

- Извините, пожалуйста, но дверь была не заперта, поэтому я подумала, что могу войти в этот салон. Мне нравится одна из ваших скульптур, и я хотела бы ее купить.

Фридрих посмотрел на входную дверь.

- Увы я опять забыл запереть ее. Вы знаете, мне не нравится, когда кто-то смотрит, как я работаю.
- Великий мастер, я не видела табличку «Вход воспрещен». Возможно, вам нужно как можно скорее прикрепить ее к вашей двери.
- Подождите минутку, не обижайтесь сразу.- сказал Фридрих. - В первый момент я был поражен. Вы так внезапно появились. Извините, если я вас чем-нибудь обидел. Позвольте мне все исправить. Давайте выпьем по глотку шампанского за наше знакомство.
Посетительница нерешительно остановилась перед входной дверью, но потом вернулась и сказала:
- Если вы продадите мне вашу скульптуру прямо у двери, то я, возможно, соглашусь. Конечно, если она не слишком дорогая.
Фридрих не мог и не хотел упускать эту возможность. Эта женщина была именно той моделью, которую он искал днями и ночами. Она была необыкновенно красива.
- Пожалуйста, присядьте, я подарю вам свою самую красивую вещь, но только если вы выпьете со мной бокал шампанского.
Девушка застыла на месте. О чем же можно поговорить с художником за бокалом шампанского? Наконец, она согласилась и присела на маленький диванчик. Она ведь не могла знать, что Фридрих в очередной раз добавил в напиток пару капель наркотического средства. Кроме того, красавице было бы очень приятно получить в подарок эту скульптуру.

Фридрих вернулся с двумя бокалами шампанского в руках и спросил:

- Могу я присесть к вам?

При этом он вручил молодой женщине бокал с шампанским.

- Само собой разумеется! Садитесь, в конце концов вы хозяин этого кресла.

Фридрих сел и с волнением наблюдал, как девушка пьет свое шампанское. Вскоре после этого девушка с удивлением посмотрела на него и потеряла сознание.

Теперь все происходило быстро. Фридрих подхватил свою добычу на свои сильные руки и понес к своему автомобилю. До его любовного гнездышка было недалеко. Женщина не должна была очнуться слишком рано.

На высокой скорости он промчался по аллее. В плотницкой мастерской все еще шла работа, поэтому он постарался проехать по подъездной дорожке за зданием. Он припарковался за грудами бревен, чтобы скрыть там свою машину.

Третья жертва

Он
открыл дверцу машины и увидел, что похищенная все еще
спит. Осторожно, чтобы не поранить ее, он снова взял ее
на руки и поспешил в свое убежище, как можно быстрее.
Прошло некоторое время, девушка открыла глаза и с
удивлением огляделась. Затем она узнала художника и села.
- Где я? Что это за комната? Что вы со мной сделали?
Фридрих подошел к ней и попытался ее успокоить. Молодая
женщина дрожала всем телом. Она кинулась к двери.
- Подождите, что вы делаете? - возмутился Фридрих.
- Дверь заперта, вам отсюда не выбраться. Вы не имеете
права уйти. Вы мне нужны, вы будете моей новой моделью!
Вам ведь нравятся мои работы, но без модели я не могу
создать ничего нового. Вам не нужно бояться, вы будете
моей музой. Мы сделаем несколько фотографий, и я сделаю
чудесные скульптуры.
Молодая женщина осталась стоять на месте. Она смотрела
на Фридриха широко раскрытыми глазами. Чуть погодя, она
ответила:
- Но вам не нужно накачивать меня наркотиками и
запирать меня ради этого!
- А разве вы бы согласились сделать это добровольно? Я не
верю. Так что у меня не было другого выхода. Но теперь вы

здесь, со мной, и я счастлив. Вы готовы начать сейчас или предпочитаете сделать это завтра?

Молодая женщина удивленно посмотрела на него и сказала:

- Кто вам сказал, что я вообще готова к этим съемкам? Чего вы от меня хотите? Я должна раздеться для этого?

- Ну, конечно! Когда вы в одежде, я не могу видеть ваше тело. Я должен внимательно осмотреть все изгибы вашей фигуры и ощупать их, иначе мне не хватит вдохновения.

- Нет, вы не можете требовать этого от меня! Я не собираюсь раздеваться перед незнакомым мужчиной. Я вас совершенно не знаю. Кто знает, чего еще вы потребуете от меня?

- Я расскажу вам об этом очень подробно. Вы разденетесь. Я хочу сначала промассировать ваше тело с ароматными маслами. Ваше тело должно сиять, я и хочу чувствовать его тепло под моими руками. Это меня возбуждает. Я не могу работать без этого чувства. У меня просто ничего не получается. Кроме того, фотографии получаются красивее, когда женские тела сияют. Итак, мы слишком долго болтаем. Когда мы начнем работать, сегодня или завтра?

- Я не думаю, что подхожу для этих вещей. Я бы предпочла уйти прямо сейчас.

Фридрих был в ярости. Всегда эти трудности с непослушными женщинами! Они всегда стремятся покинуть его! Он не понимал, почему. Эта девушка создана для него! Он так долго искал и ждал ту, которая соответствовала бы его предпочтениям. И теперь она тоже хочет уйти. Он посмотрел на свою пленницу и сказал:

- Я слишком долго искал тебя. Если ты не сделаешь того, о чем я тебя прошу, я буду очень зол на тебя. У тебя есть время до завтра, чтобы подумать об этом. А сейчас у меня нет больше желания спорить с тобой. Спокойной ночи. Выспись и подумай обо всем. Завтра я принесу тебе завтрак.

Он повернулся и собрался уходить.

- Стоп, вы же не оставите меня здесь совсем одну! - воскликнула женщина. Она прижалась к Фридриху, дрожа всем телом. - Я так напугана!

Фридрих сжалился над ней и сказал:

- И как ты себе это представляешь? Мы должны ночевать здесь вместе? Я никогда не делал этого раньше.

- Меня это совсем не смущает. Пожалуйста, останься со мной!

- Ладно, если ты не против, я останусь,- ответил Фридрих. Эта малышка нравилась ему, и он был не против провести с ней ночь.

- Хорошо, тогда раздевайся, я принесу тебе красивый халат.

Фридрих подошел к шкафу и вынул халат, который сшил сам.

- Вот надень это. А мне не во что переодеться, и я не ношу нижнее белье. Так что я буду спать с тобой голым.

Фридрих разделся, залез под одеяло и с интересом наблюдал, как переодевается его новая знакомая.

- Погаси свет, прежде чем ложиться! - потребовал он.

Молодая женщина была в замешательстве. Неужели ей придется провести ночь в одной постели с этим человеком? Но что еще она могла поделать? Она осторожно забралась под одеяло. Странное чувство охватило ее. Она ощущала его обнаженное тело рядом с собой. Она придвинулась к нему поближе и осторожно коснулась его спины. Но мужчина рядом с ней уже крепко спал. Позже заснула и она.

На следующее утро он проснулся и встал. Она смотрела на его обнаженное тело. Вдруг желание охватило ее.

- Какой он красивый!- подумала девушка. Внезапно он встретился с ней взглядом. Женщина покраснела.

- Почему ты так смотришь на меня? Ты хорошо спала? Сейчас я принесу тебе завтрак. А потом я должен спешить в университет, я все еще учусь.

- Вы не можете взять меня с собой? - спросила девушка.

- Но ведь вы даже не одеты. Не спешите, я сейчас вернусь. После этого Фридрих вышел из комнаты. Молодая женщина умылась и оделась.

Когда Фридрих снова вошел в комнату, девушка уже расчесывала свои длинные светлые волосы. Фридрих смотрел на нее, и в нем росло желание ласкать это тело.

- Нам нужно немедленно приступить к работе,- сказал он. - У меня есть идея.

- Но разве мы не позавтракаем сначала? - удивилась девушка.

- Нет, это невозможно,- ответил Фридрих.

- Вы должны немедленно раздеться.

- Но сначала я хотела бы поесть,
 возразила пленница.

Фридрих стал терять терпение.

- Тебе придется следовать моим инструкциям. Я требую от тебя послушания. Когда ты мне понадобишься, решать буду я. Так что поспеши, у меня не всегда есть время. Ты позавтракаешь потом, когда я уйду. Если через 5 минут ты не разденешься, я сорву с тебя одежду.

Женщина справилась со страхом и последовала приказу

Фридриха.

Ложись на кровать и посмотри на меня!

Фридрих был доволен тем, что увидел. Он бросился к маленькому шкафчику и вынул масло.

- Минутку, я тоже должен раздеться. Я не хочу испачкать одежду маслом.

Молодая женщина вновь залюбовалась красивым телом мужчины. Фридрих подошел к ней в чем мать родила.

Он посмотрел на свою модель и спросил:

- Почему трусики все еще на тебе? Сними их.

Пленница повиновалась. Когда Фридрих прикоснулся к ней, по спине у нее побежали холодные и горячие мурашки.

Она возжелала этого мужчину и спросила его:

- Я тебе нравлюсь?

Вопрос прозвучал неожиданно, и Фридрих не знал на него ответа. Ни одна женщина не спрашивала его об этом.

Он смутился.

- Да, но почему ты хочешь это знать?

Он покраснел, и девушка улыбнулась.

- Просто скажи, что ты еще не любил ни одну женщину.

Фридрих не ответил на это.

- Значит, я права. Тебе не следует просто мечтать о женщинах и играть с ними. Возьми меня!

Фридрих ничего не успел понять, как женщина обняла и поцеловала его.

Она тихо прошептала ему на ухо:

- Сделай это сейчас, люби меня.

Он почувствовал, как ее руки ласкали его, и его член был уже готов к любви. Очень осторожно, чтобы не повредить ей, он проник в нее. Он был словно опьянен, и когда она последовала за его движениями, он достиг кульминации.

Он был счастлив. Он еще раз погладил ее тело и подумал:

- Почему я не делал этого раньше?

Он был слишком застенчив. Отныне он будет делать то, что ему нравится. Ему больше не надо бегать по улицам в напрасных поисках. Он нашел ее. Она в его комнате, и она прекрасна. Внезапно его размышления были прерваны.

- Привет, любимый. Как, вообще, тебя зовут? Я лежу в твоей постели абсолютно голая, мы занимаемся любовью, а я ничего не знаю о тебе.

- Фридрих, меня зовут Фридрих. А твое имя?

- Меня зовут Элизабет, и я думаю, что твое тело прекрасно. Скажи, ты тоже хочешь меня?

- Я не знаю. Ты очень красивая, И ты мне нравишься. Я сделаю с тобой самые красивые фото и самые красивые

скульптуры, только ты не должна уходить.
- Но я ведь уже сказала. Ты не можешь и не должен запирать меня здесь.
Услышанное совсем не понравилось Фридриху. Это опять началось. Она должна остаться здесь, с ним. Женщины всегда обещали вернуться, а потом бросали его.
Он не стал бы рисковать снова. Она здесь, и так должно быть всегда. Настроение Фридриха было испорчено. Ему было так хорошо с ней, а теперь она тоже хочет оставить его.
Фридрих сказал:
- Если ты хочешь, чтобы я любил тебя, не говори глупостей. Ты останешься здесь со мной навсегда.
- Но Фридрих, чего ты хочешь? Ты не можешь так поступить со мной! Ты не можешь держать меня взаперти вечно.
- Но я могу это сделать, и сделаю. Все женщины обещали быть со мной, а потом хотели уйти. Так что ты останешься здесь со мной, и это навсегда.
- Но я ведь люблю тебя и хочу остаться с тобой. Я не уйду.
- Все говорили это, и все ушли. Сейчас я ухожу и вернусь завтра. Ложись спать!
- Пожалуйста, Фридрих, возьми меня с собой. Мне здесь так страшно одной!
- Нет причин для страха. Здесь внизу никто не ходит.
Он повернулся и закрыл за собой дверь.
Элизабет подбежала к двери и заколотила по ней двумя руками, но ее никто не услышал. Она вернулась в постель и укуталась в теплое одеяло. Она плакала, но слезы были напрасны. Ей оставалось только ждать возвращения Фридриха.
Но Фридрих не спешил возвращаться. Только к вечеру он вошел в комнату.
- Где ты был так долго? Почему ты пришел так поздно? Ты что, решил заморить меня голодом?
- Вчера ты была непослушной. Сначала ты была такой милой, а потом попыталась уйти. Почему? Что тебе не нравится?
- Да, это правда. Ты мне нравишься. Но ты не можешь запереть меня здесь навсегда.
- Я могу сделать это. Ты теперь моя. Мне нужно твое тело.
- Фридрих, ты должен заботиться обо мне хоть немного. Я не ела весь день. А когда я голодна, я не могу любить тебя.
Фридриху это совсем не понравилось, но все же он решил покормить девушку.
- Я принес тебе кое-что вкусное. Но ешь быстрее, я хочу

поиграть с тобой, как вчера и сделать красивые фото.
Он отдал девушке принесенную еду и смотрел, как она ест.
Она действительно была очень голодна и хотела пить. Когда
она, наконец, закончила трапезу, Фридрих попросил ее
раздеться. Он ласкал ее, натирал ее тело маслами и делал
массаж. При этом он снова почувствовал желание любить ее.
Но для начала он сделал несколько фотографий. Ей
приходилось показывать ему себя в разных позах. Довольно
улыбаясь, Фридрих спросил, не хочет ли она снова заняться
с ним любовью.
- Да, я хочу, потому что я люблю твое тело и тебя. Но ты
должен освободить меня, иначе я больше не буду тебя
любить.
Фридрих глубоко вдохнул и выдохнул. Всегда одно и то же!
Это так его разозлило, что он просто ушел прочь. Почему
все эти женщины стремятся покинуть его? Ведь она сказала,
что она любит его. И она такая красивая!
Разъяренный, он бежал по ночным улицам. Он решил наказать
ее и оставить в одиночестве на целые сутки. Если она
такая капризная, пусть посидит без еды и питья. Так будет
всегда, когда она осмелиться ослушаться.

Когда он появился через день, девушка заплакала. Фридриху захотелось утешить ее и объяснить, что она сама во всем виновата. Но пленница не позволила ему этого сделать. Вместо этого она начала ругать его:

– Что ты делаешь со мной? Ты запер меня здесь на несколько дней без еды и питья. Я напугана, я хочу есть и пить! О чем ты думаешь, вообще? То, что ты творишь, карается законом!

Фридриху это совсем не понравилось. Ему было неприятно, что она его ругает так громко. Что эта глупая корова возомнила о себе?

Он снова наказал ее, оставив голодать еще на два дня. Он не стал заниматься с ней любовью. Пусть она почувствует, каково это!

Когда он заглянул к ней через два дня, все ее лицо было опухшим от слез. Теперь она ему совсем не нравилась. Он больше не хотел ее фотографировать. Но и отпустить он ее тоже не мог. Ну что же, тогда пусть умрет, как и две другие женщины. Он приготовит для нее местечко рядом с мертвыми девицами. Фридрих перестал навещать свою пленницу.

Катастрофа

Когда Фридрих, наконец, снова вернулся в свое подземелье, там пахло так отвратительно, что его вырвало. Тем не менее, он нарядил мертвое тело в красивое платье, надел на него туфли на шпильках и усадил ее рядом с двумя другими жертвами.

Он посмотрел на дело рук своих и сказал:

– Глупые женщины! Вы были такими красивыми, а теперь посмотрите, что с вами стало. Вы выглядите ужасными и уродливыми. Почему вы не хотели остаться со мной? Я любил вас, а вы хотели покинуть меня. Я не мог этого допустить!

После этого Фридрих покинул это страшное место.

Время шло, и Фридрих становился все более беспокойным. Ему снова нужна была модель. Без женщины ему не удастся добиться подлинного успеха. И он снова и снова бродил по улицам ночного города.

Наконец он увидел ту, что искал. Это была хрупкая тоненькая женщина. Фридрих рванулся к ней, не видя больше ничего, кроме нее, на своем пути.

Он так и не увидел автомобиль, который несся на полной скорости прямо на него. Он почувствовал сильный удар и потерял сознание. Помощь пришла слишком поздно. Фридрих умер.